AF234219

Collection de M. Alc. M.....

MÉDAILLES. MONNAIES

TABLEAUX

ANCIENS ET MODERNES

OBJETS DE CURIOSITÉ

LIVRES ANCIENS ET MODERNES

ESTAMPES

VENTE

Le Lundi 8 Mars 1886, à une heure et demie

EXPOSITION PUBLIQUE

Le Dimanche 7 Mars 1886, de une heure et demie à cinq heures.

HOTEL DROUOT, SALLE N° 6

COMMISSAIRE-PRISEUR :

Me ESCRIBE, rue de Hanovre, 6

EXPERTS :

MM. ROLLIN et FEUARDENT | M. A. BLOCHE
place Louvois, 4 | rue Chauchat, 23

M. J. MARTIN, rue Séguier, 18

PARIS — 1886

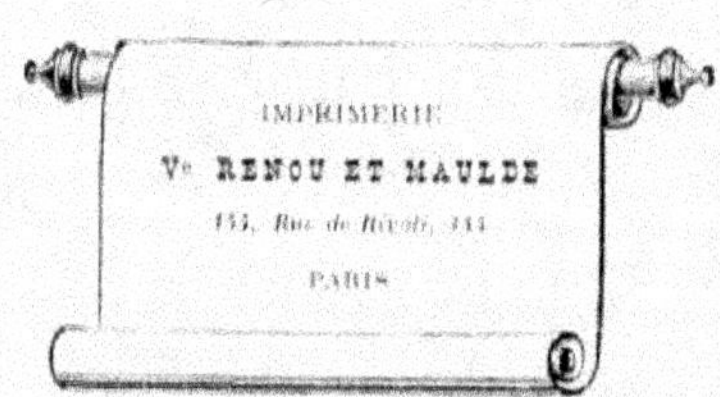
IMPRIMERIE
Vᵉ RENOU ET MAULDE
155, Rue de Rivoli, 155
PARIS

CATALOGUE

DE

TABLEAUX

ANCIENS ET MODERNES

Miniatures, Gouaches
Dessins, Gravures, Marbres, Bronzes, Porcelaines
Camées, etc.

MÉDAILLES ET MONNAIES

LIVRES ANCIENS ET MODERNES

Ouvrages sur les Arts, Livres à figures

DONT LA VENTE AURA LIEU

HOTEL DROUOT, SALLE N° 6

Le Lundi 8 Mars 1886, à une heure et demie

LA VACATION ÉTANT TRÈS CHARGÉE

Par le ministère de **M⁰ ESCRIBE**, Commissaire-Priseur,
rue de Hanovre, 6,

ASSISTÉ DE :

MM. ROLLIN et **FEUARDENT**, Experts-Numismates,
place Louvois, 4,

M. A. BLOCHE, Expert, rue Chauchat, 23,

M. Jules MARTIN, Libraire, rue Séguier, 18,

CHEZ LESQUELS SE DISTRIBUE LE CATALOGUE.

EXPOSITION PUBLIQUE

Le Dimanche 7 Mars 1886, de une heure et demie à cinq heures.

PARIS — 1886

CONDITIONS DE LA VENTE

—

Elle sera faite au comptant.

Les Acquéreurs paieront, en sus des adjudications, CINQ CENTIMES PAR FRANC applicables aux frais.

Aucune réclamation ne sera admise une fois l'adjudication prononcée.

DÉSIGNATION

MÉDAILLES GRECQUES

1 — MÉDAILLES GAULOISES. *Atrébates* et *Ambiens*. 2 pièces OR.

2 — MÉDAILLES GAULOISES AR. et une bronze. 5 pièces.

3 — ITALIE. *Posidonia Velia*. 2 pièces AR.

4 — ITALIE. Croton. 2 pièces AR.

5 — MACÉDOINE. Alexandre-le-Grand. Statère OR.

5 *bis* — LETE. Faune accroupi tenant une femme dans ses bras. TB. AR.

6 — CRÈTE. *Cnossus*. ACHAÏE, Corinthe, Béotie. 3 pièces AR.

7 — Mysie. Cyzique. Partie antérieure de
   sanglier. OR.

8 — Bactriane. Borooro. Tiers de statère
   OR.

9 — Mauritanie. Juba I. AR.

10 — Lot de six pièces grecques AR.

—

MÉDAILLES ROMAINES

11 — Jules-César et Auguste. TB. GB.

12 — Auguste. ℞ Caius à cheval. OR.

13 — Auguste. Tessère, avec XIII au revers.
   Bronze.

14 — Antonin. ℞ La Fortune debout. OR.

15 — Carausius. ℞ La Providence. P.B.

16 — Valentinien II. Léon Focas. 3 pièces
   OR.

17 — Justinien et Theodosius. AR.

18 — Lot de huit pièces consulaires et impériales AR.

MONNAIES FRANÇAISES

19 — GÉVAUDAN sous Charibert. OR.

20 — CHARLEMAGNE. MEDIOL Milan. AR.

21 — Lot de huit monnaies royales et baron-
nales AR.

—

MONNAIES ÉTRANGÈRES

22 — FRÉDÉRIC BARBEROUSSE. Superbe pièce.
Sol. OR.

23 — MONNAIES françaises et étrangères.
6 pièces OR.

24 — MONNAIES étrangères modernes. 10
pièces OR.

25 — Lot de trente-cinq pièces modernes AR.

26 — Lot de vingt-sept pièces moyen âge,
etc., AR.

27 — Lot de quarante et une pièces grecques,
romaines et modernes, cuivre.

28 — Lot de quatre médailles grecques fausses
AR.

29 — Lot de dix-neuf médailles consulaires et
impériales fausses.

3o — Petite Plaque ronde d'argent, avec deux
bustes homme et femme. Joli petit
nielle, probablement gravé pour un
mariage.

3o *bis* — Pièce satirique de pape. AR.

TABLEAUX MODERNES

3i — ANASTASI. Paysage (Bords de ri-
vière).

32 — BEAUME. Chasse au sanglier.

33 — BESOZZI. Paysage.

34 — BRANDON. Intérieur italien.

35 — BRETON (Émile). La Promenade
(Paysage, Effet de nuit). Signé et
daté 1870.

36 — ISABEY (Eugène). Paysage (Marine
avec cabanes et barques). Signé et
daté 1861.

37 — MUSIN (François). Siège d'Ostende (Marine).

38 — RIGO (Jules). Épisode de la guerre de Turquie en 1848.

39 — SOUMY. Tête de jeune fille.

———

TABLEAUX ANCIENS

40 — CARPI (Attribué à). La Vierge entourée de saints et de saintes.

41 — DELERIVE. Paysans attablés à la porte d'une auberge.

42 — VAN EYCK (Genre de). La Vierge au raisin.

43 — FLINCK (Govaert). Martyre de la reine Thomyrais.

44 — HUCHTENBURG. Choc de cavalerie.

45 — LANCRET (Genre de). Sujet pastoral.

46 — DE LAUNE (Étienne) (Attribué à). Portrait de femme tenant une canne et un bouquet de fleurs.

47 — MOREAU le Jeune (Attribué à). Vénus et Astyanax.

48 — MORLAND (Attribué à). Vieille femme tenant une chandelle et jeune enfant.

49 — PACHECO (Attribué à). Portrait de Philippe IV.

5o — PALAMÈDES (Genre de). Réunion de dames et de seigneurs.

5i — PALME. La Vierge, l'Enfant et deux Saints.

52 — POELENBURG. Femmes au bain.

53 — VAN SON. Raisins et fruits.

54 — TIEPOLO. Tête de jeune femme.

55 — TOBAR (Attribué à). Vierge et Enfant.

56 — VAN VEEN dit Martin Heemskesk. (Attribué à). Le Saint Esprit.

57 — VERONÈSE (Alexandre) (Attribué à). Personnages faisant de la musique.

58 — VERSCHURING (Henri). Foire italienne.

59 — DE WITTE (Genre de). Intérieur d'église.

6o — ÉCOLE FLAMANDE. Sainte intercédant pour les âmes du Purgatoire.

61 — ÉCOLE FLAMANDE. Saint Jérôme
dans le désert.

62 — ÉCOLE HOLLANDAISE. Passage du
gué.

63 — ÉCOLE ITALIENNE. Adam et Ève
au Paradis.

—

MINIATURES, GOUACHES, DESSINS
GRAVURES

64 — CHARLET. Napoléon (Aquarelle).

65 — LE MAY (Attribué à). La Culbute
(Gouache).

66 — COSWAY (Attribué à). Mistress Robin-
son (Miniature).

67 — L'Eglise San-Antonio de Ravesa (Gravure gouachée).

68 — Miniature. Portrait de femme coiffée
d'un turban.

69 — Miniature. Portrait d'homme.

70 — Miniature sur cuivre. Portrait de femme
à collerette.

71 — Émail. Portrait de femme, costume
Louis XIV.

72 — Deux Miniatures. Portrait de femme et
Portrait d'enfant.

73 — Miniature par Sauvage. Portrait de
femme.

74 — Dessin de l'École française. Portrait de
jeune fille.

75 — Miniature grisaille par Salnave. Nymphe
dansant en jouant du tambour de
basque.

76 — Album contenant cinquante-cinq Dessins par ou attribués à : Serrur,
Maréchal de Metz, Penguilly L'Hari-
don, Lebas, Monginot, Chenavard,
Watteau de Lille, Fragonard, Mole-
naer, Crivelli, Goltzius, etc.

77-91 — Portefeuille contenant environ quatre
cents Pièces : Dessins par Lebas et
autres, Eaux-fortes anciennes et modernes, Gravures en couleurs, Portraits, Gravures anciennes sur bois,
Gravures diverses, etc.

OBJETS D'ART ET DE CURIOSITÉ

92 — Statuette en marbre blanc. Vénus à la
pomme.

93 — Statuette en bronze vert. Faune dansant.

94 — Huit Assiettes en porcelaine de Chine et
du Japon.

95 — Pot à lait et deux Bols en porcelaine du
Japon.

96 — Petit Vase en faïence de Minton.

97 — Plat en faïence de Ginori.

98 — Tasse et Soucoupe en porcelaine fond
bleu, décor or, avec médaillon de
fleurs.

99 — Tasse et Soucoupe en porcelaine fond
crème, à décor de fleurs et insectes.

100 — Flacon en verre de Bohême et Coupe
en verre opale.

101 — Trois Pièces : Bol en craquelé, Cen-
drier en marbre et Poivrière forme
chien en métal doré.

102 — Deux Flambeaux en bronze, une Coupe en cuivre, travail oriental, et une Sonnette, style Renaissance.

103 — Deux Camées durs : Femme couronnée de fleurs et Napoléon.

104 — Trois Pièces : Camée en malachite, Médaillon ivoire et Intaille sur cristal de roche.

105 — Cinq Pièces : Médaillon bois sculpté, Médaillon en pierre de Munich, Scarabée, Intaille sur jaspe et Médaillon fer.

106 — Porte-Plume lapis, Boîte en agate et Paire de boutons.

107 — Deux Pièces : Etui forme poisson, en argent, et Fourchette avec manche en cuivre, style Renaissance.

108 — Boîte en ivoire laqué et burgauté, travail japonais.

109 — Coupe forme fruit en ambre sculpté, travail chinois.

LIVRES

110. **Aiguebelle.** Pomologie. 89 gravures coloriées et 1 dessin signé Maubert. En 1 vol. in-4, dem.-rel.

111. **Album** contenant environ 200 photographies, reproduction des principaux Tableaux des Musées d'Europe.

112. **Baur** (G. de). Peintre et graveur viennois. Métamorphoses d'Ovide, 1639-1641; en 1 vol. in-fol., dem.-rel.

Suite très rare de 124 eaux-fortes.

113. **Benserade.** Métamorphoses d'Ovide en rondeaux. *Utrecht,* 1714; in-12, v. fau. *Fig.*

114. **Blanc** (Ch.). Histoire des peintres de toutes les Écoles. *Paris, Renouard,* 8 vol. in-4, cart.

115. **Bretagne.** Plans et profils des principales Villes de la province de Bretagne, par Tassin (vers 1650); in-8, obl., dem.-rel.

116. **Cantates** italiennes. In-4, obl., v.
Musique manuscrite du xviie siècle.

117. **Catalogue** des Tableaux, Marbres, Dessins et Miniatures de la collection de San Donato. *Paris,* 1870; gr. in-8, br. Eaux-fortes.

118. **Catalogue** de Tableaux anciens et modernes, composant la galerie de M. le marquis de La Rocheb. *Paris*, 1873; gr. in-8, br. *Eaux-fortes et notes manuscrites.*

119. **Catalogue** de Tableaux de la collection de M. Papin. *Paris,* 1873; gr. in-8, br. *Eaux-fortes.*

120. **Challamel.** H'stoire-Musée de la République française. *Paris*, 1842; 2 vol. gr. in-8, cart., n. rog. *Fig. Portraits ajoutés.*

121. **Chansons** folastres des Comédiens. 1637; in-12, cart.

> Réimpression faite par Caron, à dix exemplaires seulement.

122. **Chapuy.** La France. Collection des sites les plus renommés. *Paris,* s. d., in-fol., dem.-rel. *Planches.*

> On a ajouté quelques gravures, dont une Vue de la Pompe Notre-Dame, gravée à l'eau-forte, par Meryon.

123. **Chevigné** (le comte de). Les Contes rémois. *Paris, Lévy,* 1858; in-12, dem.-rel., n. rog.

> Première édition avec les vignettes de Meissonier.

124. **Cormenin.** Livre des orateurs. *Paris, 1844*; gr. in-8, dem.-rel., n. rog. *Portraits sur chine.*

125. **Dante.** La divine Comédie, traduite par Moutonnet de Clairfons. *Paris, 1776*; in-8, mar. roug., fil., tr. dor. *Rel. anc., figures ajoutées.*

126. **Dorat.** Fables ou Allégories philosophiques. *Paris, Delalain, 1772*; in-8, v. fau., tr. dor. *Frontispice, figure et culs-de-lampe, par Marillier.*

On a ajouté à cet exemplaire, 4 pièces tirées à part des vignettes à mi-pages.

127. **Duchesne.** Voyage d'un Iconophile. *Paris, 1834*; in-8, dem.-rel. *Fig.*

128. **Emblèmes.** Het voorhof der Ziele. *Rotterdam, 1698*; pet. in-4, parch. *Fig. de Romain de Hooghe.*

129. **Gravures** extraites de l'Artiste. 132 pl., en 2 vol. in-4, dem.-rel.

130. **Homère.** L'Iliade et l'Odyssée, trad. en vers françois, par de Rochefort. *Paris, Imp. Roy., 1781*, 2 vol. in-4, dem.-rel., mar. *Fig. de Marillier avant la lettre.*

131. **Hugo** (V.). Notre-Dame de Paris. *Paris, Renduel, 1836*; in-8, v., tr. dor. *Figures sur chine, de T. Johannot, Raffet, etc.*

132. **Iconographie** des estampes à sujets galants, par le C. d'I**. *Genève, Gay*, 1868; in-8, dem.-rel. mar. *Grand papier.*

133. **Imitation** de Jésus-Christ, trad. par l'abbé Dassance. *Paris, Curmer*, 1835 ; gr. in-8, dem.-rel. *Fig.*

134. **Lacroix** (P.). Vie militaire et religieuse au Moyen âge et à l'époque de la Renaissance. *Paris, Didot*, 1873; gr. in-8, dem.-rel., tr. dor. *Pl.*

135. **Lacroix** (P.). xviii\u1d49 siècle. Institutions, Usages et Costumes. *Paris, Didot*, 1875; pet. in-4, br. *Fig.*

Grand papier.

136. **Le Boucq.** Histoire de la terre et vicomté de Sebourcq, jadis possédée par les comtes de Flandre, *Bruxelles*, 1645; pet. in-4, v. *Fig.*

137. **Le Brun.** Expressions des passions de l'âme, 1727; 18 grav. — 1 aquarelle moderne, tête d'expression. — 1 gravure de Chodowiecki. En 1 vol. in-fol., dem.-reliure.

138. **Le Maout,** Bernard, etc. Le Jardin des Plantes. *Paris, Curmer,* 1842; 2 vol. gr. in-8, dem.-rel. *Fig.*

139. **Le Menestrier.** Médailles illustrées des anciens Empereurs de Rome. *Dijon,* 1642; in-4, dem.-rel. *Fig.*

140. **Littré** et **Robin.** Dictionnaire de méde-cine. *Paris, Baillière,* 1865; gr. in-8, dem.-rel.

141. **Livingstone.** Explorations dans l'inté-rieur de l'Afrique australe. *Paris, Ha-chette,* 1859; gr. in-8, dem.-rel. *Fig.*

142. **Longus.** Les Pastorales, trad. par P.-L. Courier. *Paris, Merlin,* 1825; in-18, mar. bl., tr. dor. *Vignettes du Régent, ajoutées.*

143. **Lucien** en belle humeur, ou Nouvelles Conversations des morts. *Amsterdam,* 1694; 2 vol. in-12, mar. rou., tr. dor. *Fig.*

144. **Marchantii** Flandria commentariorum descripta. *Antverpiæ,* 1596; in-8, bas.

145. **Marco de Saint-Hilaire.** Histoire de la Garde Impériale. *Paris,* 1847; gr. in-8, dem.-rel. *Fig. coloriées et dessin ajouté.*

146. **Marillier** et **Ponce.** Les illustres Fran-çois, 40 pl. — Iconographie instructive, 37 pl. En 1 vol. in-4, dem.-rel. *Portraits avec notices.*

147. **Mary Lafon.** Rome ancienne et moderne. *Paris,* 1852; gr. in-8, dem.-rel.
Fig.

148. **Mémoire** sur la Flandre gallicane.
In-fol, dem.-rel.

    Manuscrit du xviiiᵉ siècle.

149. **Mirabeau.** Œuvres posthumes et Facé-
ties. *Paris,* 1798; in-18, dem.-rel. *Jolies
vignettes ajoutées.*

150. **Molière.** Œuvres. *Paris,* 1826; gr. in-8,
v. bl.

    On a ajouté à cet exemplaire 1 dessin de Boucher,
des vignettes de Desenne à l'état d'eau-forte, et
diverses gravures.

151. **Moyen âge et Renaissance.** Recueil
de 103 Planches en couleurs et à l'eau-
forte, représentant des objets d'art. En
1 vol. in-4, dem.-rel.

152. **Paradin.** Devises héroïques. *Lyon,
J. de Touraes,* 1557; in-8, bas. *Fig. sur
bois.*

153. **Raccolta** de piu belli dipinti, musaici di
Ercolano. Pompei, *Napoli,* 1859; in-4,
dem.-rel. *Dessins ajoutés.*

154. **Recueil** de 54 Portraits, par Moncornet, de l'Armessin, Crespi, relatifs à l'histoire des Pays-Bas, des Flandres, de Valenciennes. En 1 vol. in-4, dem.-rel.

155. **Raoul-Rochette.** Peintures antiques inédites. *Paris,* 1836; in-4, dem.-rel. *Planches coloriées.*

156. **Simonin.** Les Pierres. *Paris, Hachette,* 1869; gr. in-8, dem.-rel., tr. dor. *Fig.*

157. **Sotises** (Les) du temps. 1759; in-12, bas.
   Manuscrit écrit en entier de la main de A. Mathon, poète de Lille.

158. **Théocrite.** Idylles. Trad. par F. Didot. *Paris,* 1833; in-8, dem.-rel. *Figures ajoutées.*

159. **Vænius.** Emblemata. *Bruxellæ,* 1624; in-4, cart. *Fig.*

160. **Valenciennes.** Histoire particulière des troubles advenus en la ville de Valenciennes à cause des hérésies de 1562 à 1570; gr. in-8, dem.-rel.
   Copie manuscrite d'un manuscrit de 1606.

161. **Virgile.** L'Énéide translatée en françois, par Louis Des Masures Tournisien. *Lion, J. de Tournes,* 1560; in-4, dem.-rel.
   Figures de Moreau et Marillier ajoutées.

162. **Voltaire.** La Pucelle d'Orléans, 1762;
in-8, v. *Fig. de Gravelot.*

163. **Voltaire.** Romans et Contes. *Bouillon,*
1778, 3 vol. in-8, dem.-rel. mar. rou.,
coins, tr. dor. *Figures de Monnet.*

164. Un certain nombre de Livres reliés et bro-
chés, anciens et modernes, seront vendus
sous ce numéro.

Vᵛᵉ Renou et Maulde, imprimeurs de la Compagnie des Commissaires-Priseurs,
rue de Rivoli, 144.   400—65577

RED. :

22

MIRE ISO N° 1
NF Z 43-007
AFNOR
Cedex 7 - 92080 PARIS LA DÉFENSE

graphicom

0 1 2 3 4 5 6 7 8 9 10

**BIBLIOTHEQUE
NATIONALE
DE FRANCE**

****

**CHATEAU
DE
SABLE
1996**

www.ingramcontent.com/pod-product-compliance
Lightning Source LLC
LaVergne TN
LVHW021801060726
842528LV00003B/1066